Le Livre de Poche
Jeunesse

Fils d'un rabbin, Isaac Bashevis Singer est né en 1904 à Radzymin, en Pologne. Quand son premier récit paraît à Varsovie, il a vingt et un ans et fait des traductions pour vivre. Réfugié aux États-Unis en 1935, il a emporté son pays avec lui, drames et tendresse, pittoresque et traditions. Tout cela revit dans ses romans pour les adultes et ses contes pour tous. Singer a reçu en 1978 le Prix Nobel de littérature, la plus haute récompense du monde des lettres.

ŒUVRES DE ISAAC BASHEVIS SINGER

Dans Le Livre de Poche :

LE MANOIR.
LE DOMAINE.

Zlateh la Chèvre
et autres contes

Isaac Bashevis Singer

Zlateh la Chèvre

et autres contes

Traduit de l'anglais par Giselle Bernier
Édition revue et mise au point
par Marie-Pierre Bay

Illustrations de Maurice Sendak

Stock

Titre original :
ZLATEH THE GOAT AND OTHER STORIES
(Harper et Row, New York)

Cet ouvrage a été publié aux Editions Stock sous le titre :
« *Histoire de Paradis et autres contes.* ».

Préface

Les jeunes sont aussi intrigués par le temps qui s'enfuit, que les adultes. Que devient le jour une fois qu'il est passé ? Où sont tous les jours écoulés, avec leur joie et leur peine ? La littérature nous aide à retrouver le passé avec ses humeurs variées. Pour le romancier, la veille est toujours présente, tout comme les années évanouies.

Dans les romans, le temps ne meurt pas. Pas plus que les hommes et les animaux. Pour l'écrivain et ses lecteurs, toutes les créatures continuent à vivre éternellement.

Ce qui se passa jadis est toujours présent.

C'est dans cet esprit que j'ai écrit ces nouvelles. Bon nombre des personnages dont je parle ne sont plus de ce monde, mais pour moi ils restent vivants et j'espère qu'ils amuseront le lecteur avec leur sagesse, leurs étranges croyances, et parfois leur folie.

Je dédie ce livre à tous les enfants qui n'ont pas pu grandir, à cause des guerres atroces et des persécutions cruelles qui ont dévasté des villes et anéanti des familles innocentes. J'ai l'espoir que lorsque les lecteurs de ces histoires seront des hommes et des femmes, ils aimeront, non seulement leurs propres enfants, mais également tous ceux du monde entier.

Isaac Bashevis Singer.

Zlateh la Chèvre

Zlateh la Chèvre

A l'époque de Hanukka*, la route qui conduit du village à la ville est généralement couverte de neige. Mais cette année-là, l'hiver avait été doux. Il n'était tombé que peu de neige. Le soleil brillait pratiquement tout le temps. Les paysans se plaignaient du temps sec qui entraînerait une récolte médiocre en grains d'hiver. L'herbe nouvelle poussait, et les paysans envoyaient leur bétail au pâturage.

Pour Reuven, le fourreur, ce fut une mauvaise année : après de longues hésita-

1. *Hanukka* : fête des lumières, qui a lieu en décembre et commémore les victoires des Macchabées sur les troupes syriennes d'Antiochus Epiphane, de 165 à 167 avant l'ère chrétienne, ainsi que la réinauguration du temple de Jérusalem. Hanukka dure huit jours pendant lesquels on allume chaque soir une bougie de plus dans la Hannukia, le chandelier de Hanukka qui a neuf branches, une pour chaque bougie et une pour la bougie-serviteur qui sert à allumer les autres. (Note de l'Éditeur.)

tions, il décida de vendre Zlateh la chèvre. Elle était vieille et donnait peu de lait. Feyvel, le boucher de la ville, lui en avait offert huit gulden. Une telle somme permettrait d'acheter des bougies de Hanukka, des pommes de terre, de l'huile pour les crêpes, les cadeaux pour les enfants, tous les autres objets nécessaires, au jour de fête, pour la maison. Reuven dit à son fils aîné, Aaron, de conduire la chèvre à la ville.

Aaron comprit ce que conduire la chèvre chez Feyvel voulait dire. Mais il devait obéir à son père. Léa, sa mère, pleura à chaudes larmes, quand elle apprit la nouvelle. Les jeunes sœurs d'Aaron, Anna et Miriam, poussèrent des lamentations. Aaron enfila sa veste rembourrée et sa casquette la plus chaude, puis il noua une corde autour du cou de Zlateh. Il emporta deux tranches de pain au fromage comme en-cas sur la route. Aaron devait livrer la chèvre dans la soirée; il passerait la nuit chez le boucher et reviendrait le lendemain avec l'argent.

Tandis que la famille faisait ses adieux à la

chèvre et qu'Aaron plaçait la corde autour de son cou, Zlateh se montra aussi patiente et bienveillante que de coutume. Elle lécha la main de Reuven. Elle secoua sa petite barbiche blanche. Zlateh avait pleinement confiance en l'être humain. Elle savait qu'il la nourrissait toujours et ne lui faisait jamais le moindre mal.

Quand Aaron la conduisit sur la route vers la ville, elle sembla quelque peu étonnée. On ne l'avait jamais emmenée dans cette direction auparavant. Elle jeta un regard interrogateur en arrière, comme pour dire : « Où m'emmène-t-on ? » Mais au bout d'un moment elle sembla être arrivée à cette conclusion : une chèvre ne doit jamais poser de questions. Pourtant, la route était bien différente de ce qu'elle connaissait. Aaron et Zlateh passèrent devant d'autres champs, des pâturages inconnus, de nouvelles huttes aux toits couverts de chaume. Çà et là un chien aboyait en leur courant après, mais Aaron le chassait de son bâton.

Le soleil brillait quand Aaron avait quitté

le village. Brusquement le temps changea. Un gros nuage noir, bleuâtre au centre, apparut à l'est et couvrit rapidement tout le ciel. Un vent froid se mit à souffler. Les corneilles volaient bas en criaillant. Tout d'abord, on aurait dit qu'il allait pleuvoir, mais à la place, il commença à grêler comme en été. L'heure était pourtant peu avancée, mais il faisait sombre comme entre chien et loup. Au bout d'un certain temps, la grêle se transforma en neige.

A douze ans, Aaron avait déjà vu toutes sortes de temps, mais il n'avait jamais connu une neige pareille. Elle était si dense qu'elle cachait la lumière du jour. Bientôt le sol fut complètement couvert. Le vent devint aussi tranchant que la glace. La route vers la ville était étroite et sinueuse. Aaron ne savait plus où il se trouvait. Il n'arrivait pas à voir clair dans la tourmente. Rapidement, la bise traversa sa veste rembourrée.

Tout d'abord, Zlateh ne sembla pas s'inquiéter du changement de temps. Elle aussi avait douze ans et savait ce que l'hiver

réserve. Mais, quand ses jambes s'enfoncèrent de plus en plus profondément dans la neige, elle commença à tourner la tête et dévisagea Aaron avec étonnement. Ses yeux doux semblaient demander : « Pourquoi sommes-nous dehors par une telle tempête ? » Aaron espérait qu'un paysan passerait avec sa carriole. Mais personne ne se montra.

La neige devint de plus en plus épaisse, tombant au sol en larges flocons tourbillonnants. A travers cette neige, les bottes d'Aaron touchaient le moelleux d'un champ labouré. Il comprit qu'il n'était plus sur la route. Il s'était égaré. Il était incapable de discerner l'est de l'ouest, ni où se trouvait le village par rapport à la ville. Le vent soufflait, hurlait, soulevant des tourbillons de neige. On aurait dit que des lutins blancs jouaient aux quatre coins sur les champs. Une fine poussière blanche montait du sol. Zlateh s'arrêta. Elle ne pouvait plus avancer. Avec entêtement elle ancra ses sabots fendus dans la terre et bêla, comme si elle implorait qu'on la ramène à la maison. Des stalactites étaient accrochées à sa barbe blanche, ses cornes étaient brillantes de gel.

Aaron ne voulait pas admettre le danger, il savait néanmoins que s'ils ne trouvaient pas d'abri, ils allaient mourir de froid. Ce n'était pas une tempête ordinaire. C'était une véritable et violente tourmente. A présent, il se trouvait enfoncé dans la neige jusqu'aux genoux. Ses mains étaient engourdies. Il ne sentait plus ses orteils. Il suffoquait en respirant. Son nez semblait même être de bois, et il le frotta avec une poignée de neige. Le bêlement de Zlateh commençait à ressembler à des pleurs. Ces êtres humains, en qui elle avait tant de confiance, l'avaient entraînée dans un piège. Aaron se mit à prier Dieu pour lui-même, et aussi pour l'animal innocent.

Soudain, il discerna les contours d'une colline. Il se demanda ce que cela pouvait bien être. Qui avait entassé ainsi la neige en un tas aussi immense ? Il avança dans la direction, traînant Zlateh derrière lui. Quand il fut tout près, il s'aperçut que c'était une énorme meule de foin que la neige avait enseveli sous une couverture blanche.

Aaron comprit aussitôt qu'ils étaient sauvés. Au prix de grands efforts, il se fraya un chemin. C'était un enfant de la campagne et il savait ce qu'il restait à faire. Aussitôt arrivé à la meule, il creusa une niche pour la chèvre et pour lui-même. Quel que soit le froid à l'extérieur, dans le foin il fait toujours chaud. Et le foin constituait de la nourriture pour Zlateh. Lorsqu'elle l'eut flairé, elle se montra satisfaite et se mit à manger. Dehors, la neige continuait à tomber. Elle recouvrit rapidement le passage qu'Aaron avait creusé. Mais un garçon et un animal ont besoin de respirer, et il n'y avait presque pas d'air dans leur cachette. Aaron perça une sorte de lucarne dans le foin et la neige, et garda soigneusement l'ouverture dégagée.

Zlateh, ayant mangé tout son soûl, s'assit sur ses pattes de derrière ; elle semblait avoir regagné confiance en l'être humain. Aaron mangea ses deux tranches de pain au fromage, mais à la fin d'une journée aussi pénible, il avait encore faim. Il regarda Zlateh et constata que ses pis étaient pleins. Il se coucha près d'elle, se plaçant de telle sorte que le lait qu'il tirait d'elle jaillit dans sa bouche. Celui-ci était riche et sucré. Zlateh n'était pas habituée à être traite de cette manière, mais elle n'offrit pas de résistance. Bien au contraire, elle semblait empressée de récompenser Aaron de l'avoir conduite dans un abri dont les murs, le sol et le plafond étaient faits de nourriture.

Par l'ouverture Aaron pouvait jeter un coup d'œil dehors. Le vent déposait des amoncellements de neige à l'entrée. Il faisait complètement noir et il ne savait pas si la nuit était déjà tombée ou si c'était la tempête qui obscurcissait tout. Dieu merci, dans le foin il ne faisait pas froid. Le foin séché, l'herbe et les fleurs des champs exsudaient la chaleur du soleil d'été. Zlateh mangea souvent ; elle brouta en haut, en bas, à sa gauche et à sa droite. Son corps dégageait une chaleur animale, et Aaron se pelotonna contre elle. Il avait toujours aimé Zlateh, mais maintenant

elle lui semblait une sœur. Il était seul, coupé de sa famille, et il avait envie de bavarder. Il se mit à parler à Zlateh. « Zlateh, que penses-tu de ce qui vient de nous arriver ? demanda-t-il.

— Maaaa, répondit Zlateh.

— Si nous n'avions pas trouvé cette meule de foin, nous serions tous deux raides de froid à présent, dit Aaron.

— Maaaa, fut la réponse de la chèvre.

— Si la neige continue de tomber ainsi, il nous faudra peut-être rester ici pendant des jours, expliqua Aaron.

— Maaaa, bêla Zlateh.

— Que veut dire « Maaaa » ? demanda Aaron. Tu ferais mieux de parler plus clairement.

— Maaaa. Maaaa, essaya Zlateh.

— Bon, va pour « Maaaa » alors, dit Aaron plein de patience. Tu ne sais pas parler, mais moi je peux te comprendre. J'ai besoin de toi et toi tu as besoin de moi. N'est-ce pas ?

— Maaaa. »

Aaron eut sommeil. Il se fit un oreiller, en tassant un peu de paille, y posa sa tête et s'assoupit. Zlateh aussi s'endormit.

Quand Aaron ouvrit les yeux, il ne sut dire si c'était le jour ou la nuit. La neige avait obstrué sa lucarne. Il essaya de la dégager, mais quand il eut creusé toute la longueur de son bras, il ne voyait toujours pas d'issue. Heureusement, il avait conservé son bâton avec lui. Il s'en servit pour travailler en profondeur et, après beaucoup d'efforts, parvint à l'air libre. Il faisait toujours noir dehors. La neige continuait de tomber. Le vent gémissait, tout d'abord sur un seul ton, et puis s'amplifiant en un concert de tons multiples. Par moments, on aurait dit l'écho d'un rire diabolique. Zlateh se réveilla à son tour, et quand Aaron la salua, elle répondit : « Maaaa. » Oui, le vocabulaire de Zlateh se résumait à un seul mot, mais qui signifiait bien des choses. A présent elle disait : « Nous devons nous contenter de tout ce que Dieu nous donne — chaleur, froid, faim, satisfaction, lumière et obscurité. »

Aaron s'était réveillé le ventre creux. Il avait mangé toute sa réserve, mais Zlateh avait les pis gonflés de lait.

Pendant trois jours Aaron et Zlateh restèrent dans la meule de foin. Aaron avait toujours aimé Zlateh. Mais au cours de ces trois jours il l'aima de plus en plus. C'est qu'elle le nourrissait de son lait et lui permettait de se réchauffer. Elle le réconforta aussi avec sa patience. Il lui raconta beaucoup d'histoires, et elle dressait toujours l'oreille et écoutait. Quand il la flattait elle léchait sa main et son visage. Puis elle disait : « Maaaa », et il savait que cela voulait dire : je t'aime.

La neige tomba donc pendant trois jours, quoique, le premier jour passé, elle fût moins épaisse et que le vent se fût calmé. Parfois, Aaron avait le sentiment qu'il n'y avait peut-être jamais eu d'été, que la neige tombait depuis toujours, aussi loin que remontaient ses souvenirs. Ainsi lui, Aaron, n'avait jamais eu de père ou de mère ou de sœurs. Il était un enfant de la neige, sorti de la neige, et il en était de même pour Zlateh. Il régnait un tel calme dans le foin que ses oreilles bourdonnaient dans le silence. Aaron et Zlateh dormirent toute la nuit et une bonne partie de la journée. Quant aux songes d'Aaron, ils se réduisaient et tournaient tous autour d'un temps chaud. Il rêvait de champs verdoyants, d'arbres couverts de fleurs, de petits ruisseaux limpides et d'oiseaux chantants. Durant la troisième nuit la neige cessa de tomber, mais Aaron n'osa pas encore chercher son chemin vers la maison, dans l'obscurité. Le ciel bientôt était devenu clair et la lune brillait, jetant des filets d'argent sur la neige. Aaron se glissa dehors et contempla le monde autour de lui. Il était tout blanc, calme, plongé dans des rêves de splendeur céleste. Les étoiles étaient énormes et toutes proches. La lune nageait dans le ciel comme dans une mer.

Le matin du quatrième jour Aaron entendit enfin le tintement de clochettes d'un traîneau. La meule de foin n'était pas loin de la route. Le paysan qui conduisait le traîneau lui montra le chemin — non celui qui mène à la ville et chez Feyvel le boucher, mais celui qui conduit à la maison et au village. Aaron avait décidé dans la meule de foin qu'il ne se séparerait jamais de Zlateh.

La famille d'Aaron et tous les voisins avaient, quant à eux, cherché le garçon et la chèvre mais ils n'en avaient trouvé nulle trace pendant la tempête. Tous craignaient qu'ils ne fussent perdus. La mère et les sœurs d'Aaron avaient fondu en larmes ; son père était resté silencieux, sombre. Mais soudain voici qu'un de leurs voisins était venu en courant chez eux, avec la nouvelle : Aaron et Zlateh arrivaient par la route.

La maison fut en liesse. Aaron raconta comment il avait trouvé la meule de foin et comment Zlateh l'avait nourri de son lait. Les sœurs d'Aaron embrassèrent et étreignirent Zlateh et lui servirent une ration supplémentaire de carottes hachées et d'épluchures de pommes de terre, qu'elle avala goulûment.

Personne ne voulut plus entendre parler de vendre Zlateh, et maintenant que le temps froid s'était enfin installé, les villageois avaient besoin des services de Reuven le fourreur, de nouveau. Quand Hanukka arriva, la mère d'Aaron put faire sauter des crêpes chaque soir, et Zlateh en reçut sa portion, elle aussi. Bien qu'elle eût sa propre étable, la chèvre venait souvent à la cuisine, frappant à la porte de ses cornes pour faire comprendre qu'elle avait envie de faire une visite. Et, toujours, on la laissait entrer. Dans la soirée Aaron, Miriam et Anna jouaient à la toupie. Zlateh, installée près du poêle, observait les enfants et la lueur vacillante des bougies de Hanukka.

Il arrivait qu'Aaron lui demande : « Zlateh, te souviens-tu des trois jours que nous avons passés ensemble ? »

Alors Zlateh se grattait la nuque de sa corne, secouait sa tête à la barbe blanche et émettait le seul son qui exprimait à la fois ses pensées et son unique amour.

Une Histoire de paradis

Une Histoire de paradis

Il était une fois, quelque part dans le monde, un homme riche qui s'appelait Kadish. Il avait un fils unique du nom d'Atzel. Au foyer de Kadish vivait une parente lointaine, une orpheline, appelée Aksah. Atzel était un garçon de grande taille, aux cheveux noirs et aux yeux sombres. Aksah était un peu plus petite qu'Atzel, et elle avait les yeux bleus et les cheveux dorés. Tous deux avaient environ le même âge. Enfants, ils prenaient leurs repas en même temps, étudiaient de concert et jouaient ensemble. Atzel faisait le mari ; Aksah, son épouse. Il était entendu qu'ils s'aimeraient pour de bon, quand ils auraient atteint l'âge voulu.

Mais quand ils furent devenus grands, Atzel tomba soudain malade. C'était une maladie dont personne n'avait encore jamais entendu parler : Atzel s'imaginait qu'il était mort.

Comment une telle idée lui était-elle venue ? Il semble que ce fut en écoutant raconter des histoires sur le paradis. Sa vieille nourrice lui avait constamment dépeint ce lieu. Elle lui disait qu'au paradis il n'était pas nécessaire de travailler, d'étudier, de faire un effort quelconque. Au paradis, on mangeait de la viande de bœuf sauvage, et de baleine ; on buvait le vin que le Seigneur réservait aux justes ; on dormait tard dans la journée et l'on n'avait nul devoir à faire.

Atzel était paresseux de nature. Il détestait se lever tôt, étudier les langues et les sciences. Il savait qu'un jour, il lui faudrait prendre la succession de son père. Il n'aimait pas y penser.

Comme sa vieille nourrice avait raconté à Atzel que la seule façon d'entrer au paradis c'était de mourir, il s'était mis en tête d'y parvenir le plus tôt possible. Il y pensait si fort et ressassait tellement son obsession que bientôt il s'imagina être mort.

Naturellement, ses parents furent terriblement inquiets quand ils réalisèrent ce qui venait d'arriver à Atzel. Aksah pleurait en secret. La famille fit tout ce qu'elle put pour essayer de convaincre Atzel qu'il était vivant, mais il refusa de l'écouter. Il disait : « Pourquoi ne m'enterrez-vous pas ? Vous voyez bien que je suis mort. A cause de vous, je ne peux pas ainsi entrer au paradis. »

De nombreux médecins furent appelés pour examiner Atzel, et tous essayèrent de le convaincre qu'il était vivant. Ils lui firent remarquer qu'il parlait, mangeait et dormait. Mais, bientôt, Atzel commença à manger moins et à parler plus rarement. Sa famille craignit qu'il ne mourût pour de bon.

En désespoir de cause, Kadish consulta un éminent spécialiste, célèbre pour sa science et sa sagesse. Il s'appelait le docteur Yoetz. Après s'être fait décrire la maladie d'Atzel, il dit à Kadish : « Je promets de guérir votre fils en huit jours. Mais à une seule condition. C'est que vous devrez faire tout ce que je vous dirai, aussi étrange que cela vous paraisse. »

Kadish accepta. Le docteur Yoetz s'engagea alors à rendre visite à Atzel, dès le même jour. Kadish rentra à la maison et ordonna à sa femme, à Aksah, aux servantes de suivre rigoureusement les instructions du médecin sans jamais poser de questions : elles s'inclinèrent.

Quand le docteur Yoetz arriva, on le conduisit aussitôt à la chambre d'Atzel. Le garçon était couché sur son lit, pâle et maigre tant il avait jeûné, les cheveux en désordre, la chemise de nuit froissée.

Le médecin, après un coup d'œil sur Atzel, s'écria : « Pourquoi gardez-vous un cadavre dans la maison ? Pourquoi ne préparez-vous pas les obsèques ? »

En entendant ces paroles, les parents eurent terriblement peur, mais le visage d'Atzel s'éclaira d'un sourire et il dit : « Vous voyez, j'avais raison. »

Bien que Kadish et sa femme fussent déconcertés par les paroles du médecin, ils se rappelèrent leur promesse et partirent immédiatement prendre des dispositions pour les funérailles.

Atzel était si excité par ce qu'il venait d'entendre de la bouche du médecin, qu'il sauta du lit et se mit à danser en battant des mains. Sa joie lui donna même faim et voilà qu'il réclama à manger. Mais le docteur Yoetz répondit : « Attends, tu mangeras au paradis. »

Le médecin exigea alors qu'une chambre soit préparée ; elle serait semblable au paradis. On drapa les murs de satin blanc. On recouvrit le plancher de tapis précieux. On ferma les volets. On tira les doubles rideaux épais. Des chandelles et des lampes à huile restèrent allumées jour et nuit. Les servantes étaient vêtues de blanc ; elles portaient des ailes dans le dos. Cela afin de jouer les anges.

Atzel fut placé dans une bière ouverte et un simulacre de cérémonie funèbre eut lieu. Il était si épuisé par le bonheur qu'il dormit tout le long de la cérémonie. Quand il se réveilla, il se retrouva dans une chambre qu'il ne reconnut pas.

« Où suis-je ? demanda-t-il.

— Au paradis, mon seigneur, répondit une servante ailée.

— J'ai terriblement faim, dit Atzel. J'aimerais manger un peu de chair de baleine et boire du vin sacré.

— Dans un instant, mon seigneur. »

La servante principale frappa dans ses mains et une porte s'ouvrit par laquelle entrèrent des domestiques ; tous avaient des ailes dans le dos. Ils portaient des plateaux en or, chargés de viande, de poisson, de grenades, d'ananas et de pêches. Un serviteur de grande taille, à la longue barbe blanche, tendit un gobelet en or, rempli de vin. Atzel était si affamé qu'il mangea voracement. Les anges tournaient autour de lui, remplissant son plat, son gobelet, avant même qu'il eût le temps de redemander des mets.

Quand il eut terminé, Atzel déclara qu'il

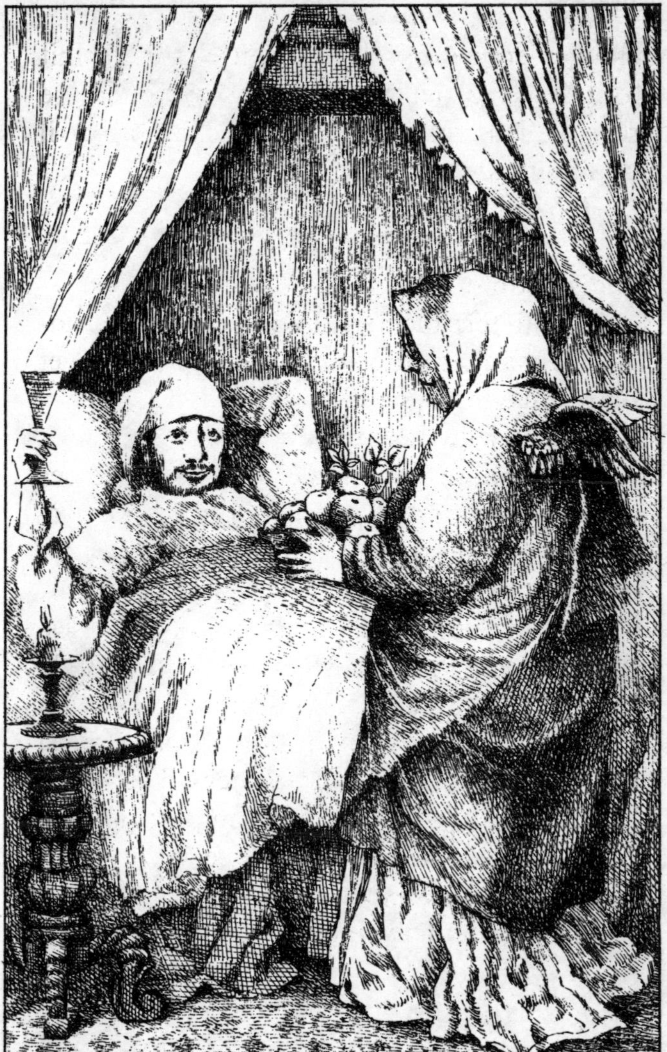

désirait se reposer. Deux anges alors le déshabillèrent et le baignèrent. Ils lui passèrent ensuite une chemise de nuit de fine toile brodée, lui posèrent un bonnet de nuit avec un pompon sur la tête et le transportèrent dans un lit aux draps soyeux, au baldaquin de velours pourpre. Atzel tomba immédiatement dans un sommeil profond.

A son réveil, au matin, il eût aussi bien pu se croire en pleine nuit. Les volets étaient fermés, et des chandelles et des lampes à huile brûlaient. Dès que les valets s'aperçurent qu'Atzel était éveillé, ils lui servirent exactement le même repas que la veille.

« Pourquoi me donnez-vous la même nourriture qu'hier ? demanda Atzel. N'avez-vous pas un peu de lait, de café, quelques petits pains croustillants et du beurre ?

— Non, mon seigneur. Au paradis on mange toujours la même nourriture, répliqua un laquais.

— Fait-il déjà jour, ou est-ce toujours la nuit ? demanda Atzel.

— Au paradis il n'y a ni jour ni nuit. »

C'est que le docteur Yoetz avait donné des instructions précises aux serviteurs sur la façon de parler et de se comporter envers Atzel.

Atzel mangea donc à nouveau le poisson, la viande, les fruits, et but du vin, mais son appétit était déjà moins bon que la veille. Quand il eut terminé son repas et purifié ses mains dans un rince-doigts en or, il demanda : « Quelle heure est-il ?

— Au paradis le temps n'existe pas, répondit le domestique.

— Que puis-je faire maintenant ? questionna Atzel.

— Au paradis, mon seigneur, on ne fait rien du tout.

— Où sont les autres saints ? s'inquiéta Atzel. J'aimerais les rencontrer.

— Au paradis chaque famille a sa place réservée.

— Ne peut-on se rendre visite ?

— Au paradis les demeures sont trop éloignées les unes des autres pour permettre des visites. Il faudrait des milliers d'années pour aller de l'une à l'autre.

— Quand ma famille viendra-t-elle ? demanda Atzel.

— Votre père a encore vingt années à vivre, votre mère trente. Et aussi longtemps qu'ils seront en vie ils ne pourront venir ici.

— Et Aksah ?

— Elle a plus de cinquante ans à vivre.

— Me faudra-t-il rester seul pendant tout ce temps ?

— Certainement, mon seigneur. »

Pendant un petit moment Atzel secoua la tête, en méditant. Puis il questionna : « Qu'est-ce que Aksah est en train de faire ?

— En ce moment même, elle vous pleure. Mais vous savez, mon seigneur, qu'on ne peut pas pleurer quelqu'un éternellement. Tôt ou tard, elle vous oubliera. Elle rencontrera alors un autre jeune homme. Ils se marieront. C'est là le lot des vivants. »

Atzel se leva et se mit à marcher soudain de long en large. Son long sommeil, la riche nourriture lui avaient fait reprendre des forces. Pour la première fois depuis des années, Atzel le paresseux avait le désir de s'occuper à quelque chose, mais il n'y avait rien à faire dans son paradis.

Pendant huit jours, Atzel demeura dans son ciel trompeur. De jour en jour il devenait plus triste. Son père lui manquait. Il était aussi impatient de revoir sa mère. Il soupirait enfin après Aksah. L'oisiveté ne lui plaisait plus autant qu'autrefois. A présent il souhaitait avoir quelque chose à étudier. Il rêvait de voyages. Il avait envie de monter à cheval. Aussi de parler à des amis. Même ces mets, qu'il avait tellement appréciés le premier jour, avaient perdu de leur saveur.

Arriva vite le temps où il ne put cacher plus longtemps sa tristesse. Il fit remarquer alors à l'un des serviteurs : « Je vois bien qu'il n'est pas aussi mauvais de vivre que je le croyais.

— Vivre, mon seigneur, est difficile. Il faut étudier, travailler, faire du commerce. Ici tout est facile, le consola le valet.

— Je préférerais couper du bois et transporter des pierres plutôt que de rester assis ici. Et combien de temps ceci durera-t-il ?

— Toujours.

— Rester ici indéfiniment ? » Atzel se mit à s'arracher les cheveux de chagrin. « Je me tuerais plutôt, laissa-t-il échapper.

— Un homme mort ne peut pas se tuer », répondit l'autre.

Le huitième jour, alors qu'Atzel semblait avoir atteint le désespoir le plus profond, l'un des laquais, comme convenu, vint le visiter et lui avoua : « Mon seigneur, il y a eu erreur. Vous n'êtes pas mort. Il faut en conséquence quitter le paradis.

— Je suis vivant ?

— Oui, vous êtes vivant. J'ai mission de vous ramener sur la terre. » Atzel ne se tenait plus de joie. Le serviteur lui banda les yeux. Après l'avoir conduit à travers les longs corridors de la maison, il le dirigea vers la pièce où sa famille l'attendait et lui ôta soudain le bandeau des yeux.

Il faisait plein jour. Le soleil brillait par les fenêtres ouvertes. Une brise venue des champs et des vergers alentour rafraîchissait l'air. Au-dehors, dans le jardin, les oiseaux chantaient. Les abeilles bourdonnaient, volant de fleur en fleur. Des granges et des écuries, Atzel pouvait entendre le meuglement des vaches et le hennissement des chevaux. Tout heureux, il étreignit et embrassa les siens ainsi qu'Aksah.

« Je ne savais pas combien il est bon d'être vivant », s'écria-t-il. Et tourné vers Aksah il dit : « N'as-tu pas rencontré un autre jeune homme pendant que j'étais parti ? M'aimes-tu toujours ?

— Mais oui, je t'aime, Atzel. Je ne pouvais pas t'oublier.

— S'il en est ainsi, il est grand temps de nous marier. »

On ne les fit pas languir pour les noces. Le docteur Yoetz était l'invité d'honneur. Des musiciens jouaient ; des invités arrivaient de villes lointaines. Certains à dos de cheval, d'autres montés sur un mulet, d'autres encore juchés sur des chameaux. Tous apportaient de beaux cadeaux pour les jeunes mariés. C'était des objets d'or ou d'argent, ou en ivoire, la plupart sertis de pierres précieuses.

Les festivités durèrent sept jours et sept

nuits. Ce fut l'un des mariages les plus gais de toute l'histoire du village. Atzel et Aksah vécurent extrêmement heureux, et tous deux atteignirent un grand âge. Atzel cessa d'être paresseux. Il devint même le commerçant le plus travailleur de toute la région. Ses caravanes transportaient des marchandises jusqu'à Bagdad et en Inde.

Ce ne fut qu'après le mariage qu'Atzel apprit comment le docteur Yoetz l'avait guéri. Au cours des années suivantes, sa femme et lui parlèrent souvent de cette aventure. Plus tard, ils racontèrent l'histoire de cette guérison miraculeuse à leurs enfants et à leurs petits-enfants, terminant toujours par ces paroles : « Mais, naturellement, à quoi ressemble *réellement* le paradis, personne ne peut le dire. »

L'Histoire de Grand-Mère

L'Histoire de Grand-Mère

C'est très amusant de jouer à la toupie*. Les enfants doivent cependant aller se coucher, voilà ce que disait grand-mère Léa. Mais ils la prièrent de leur raconter une histoire d'abord.

Il était une fois, dit-elle en s'exécutant, un père qui avait quatre fils et quatre filles. Les fils portaient des papillotes, les filles des nattes. Quand ils étaient alignés en file indienne, ils ressemblaient aux échelons d'une échelle. C'était la fête des Lumières, Hanukka, et après avoir allumé les bougies,

* Toupie ou dreidel de Hanukka : le jouet traditionnel qu'on offre aux enfants à Hanukka. Le dreidel a quatre faces où sont gravées les quatre lettres hébraïques initiales des mots *Ness Gadol Haya Cham*, « il y eut là un grand miracle ». (Note de l'Éditeur.)

tout le monde reçut de l'argent et on s'installa autour de la table pour jouer à la toupie, oubliant l'heure d'aller se coucher. Mère et père rappelèrent bien qu'il commençait à être tard. Mais ceux qui étaient en train de gagner souhaitaient gagner encore, et ceux qui perdaient désiraient regagner ce qu'ils avaient perdu. Soudain, on entendit frapper à la porte. Entra un jeune homme aux papillotes frisées, à la moustache ondulée. Il portait un vêtement doublé de fourrure de renard, un chapeau orné d'une plume, de grandes bottes à éperons. Il était couvert de neige ; il avait cependant l'air gai et insouciant. Il s'était égaré en chemin par suite de la tourmente de neige, précisa-t-il. Lui permettrait-on de rester jusqu'au lendemain matin ?

Devant la porte stationnait son traîneau. Celui-ci était incrusté d'ivoire finement travaillé. Il était tiré par quatre chevaux blancs. Les rênes de l'attelage étincelaient de pierreries. Les garçons ôtèrent le harnais, conduisirent les chevaux à l'écurie, leur donnèrent à manger du foin et de l'avoine. Ils demandèrent aussi au visiteur s'il avait faim. « Comme un loup », répondit-il. Aimerait-il se joindre à leur jeu de toupie ? « Avec plaisir ! » s'exclama l'hôte et il prit place aussitôt à la table afin de jouer avec eux.

Il mangea notamment des crêpes à la cannelle, but du thé avec du citron pressé et souffla de sa pipe d'ambre quantité de ronds de fumée. Il joua d'abord des pièces d'argent et les perdit. Puis il engagea des pièces d'or. Il les perdit de même. Il perdait et riait, perdait de nouveau et continuait à plaisanter. Il buvait du vin et de l'hydromel ; sa bourse ne semblait pas avoir de fond. Minuit était passé depuis longtemps. L'heure de se coucher était oubliée. Des chiens aboyaient dans la nuit. Maintenant des coqs chantaient et des poules caquetaient. Voici que les corneilles criaillèrent, que les oies cacardèrent, que les canards cancanèrent. Dans l'écurie les chevaux hennirent et de leurs sabots frappèrent le sol.

« Qu'est-ce que nos animaux peuvent bien avoir cette nuit ? » questionna soudain l'aîné des garçons. Au même moment il regarda sur le mur : il constata alors que huit ombres y étaient projetées au lieu de neuf. Tout devint subitement clair : on sait que les diables ne projettent pas d'ombre. Leur visiteur n'était donc pas un homme mais un démon ! Quand la pendule sonna treize coups, il ne restait plus aucun doute sur l'identité du voyageur.

L'étranger comprit devant les visages craintifs des enfants que son secret était découvert. Il se leva, eut un éclat de rire bruyant, tira une longue langue qui descendit jusqu'à son ventre. Soudain, sa taille doubla. Des cornes lui poussèrent derrière les oreilles. Le voilà qui fit face à l'assemblée, c'était un vrai diable. Avant que quiconque ait pu dire un mot, il commença à tourner comme une toupie. Il tournoyait sans arrêt sur lui-même. Et la maison tournoyait en même temps que lui. Le chandelier de Hanukka vacilla. Des assiettes tombèrent avec fracas sur le plancher qui tremblait comme un bateau sur une mer déchaînée. Puis le démon siffla. Des souris sortirent de leurs trous. Des lutins en coiffes rouges et bottes vertes, riant et criant, tourbillonnèrent dans une ronde folle. Soudain il poussa des ailes au démon, et « cocorico », sur un battement d'ailes, toute la compagnie s'évanouit.

Or et argent tombèrent en poussière,
Dans la neige leurs empreintes rouillèrent,
Parti le trésor sur le banc,
Rien que la puanteur du démon restant.
Touffes de crins dans les cheveux des enfants,
La boue du démon partout se répandant.
Le démon est parti cocorico
Avec ses chevaux et son traîneau.
Combien regrettable et combien honteux,
La nuit de Hanukka et un infernal jeu.

Telle fut l'histoire racontée par grand-mère Léa tout en tricotant une chaussette pour le plus jeune de ses petits-enfants.

« Grand-maman, grand-maman, une autre », supplièrent alors les enfants. Mais grand-mère Léa leur posa un baiser sur le front et dit qu'il était temps d'aller se coucher. « Demain, les enfants, est un autre jour. Il y aura une nouvelle bougie dans le chandelier de Hanukka, le sol sera recouvert de neige fraîche, et je vous raconterai une autre histoire. »

La Neige à Chelm

La Neige à Chelm

Chelm était un village de faibles d'esprit, jeunes et vieux. Une nuit, quelqu'un aperçut la lune se reflétant dans un tonneau d'eau. Les gens de Chelm crurent qu'elle était tombée dedans : ils scellèrent le tonneau pour empêcher l'astre de s'échapper ! Quand on ouvrit le tonneau, le matin, la lune n'y était plus, et les villageois crurent qu'elle avait été volée. Ils envoyèrent chercher la police, et comme le voleur restait introuvable, les imbéciles de Chelm pleurèrent et gémirent.

De tous les sots de Chelm, les plus fameux

étaient les sept Anciens. Parce qu'ils étaient les plus vieux du village et les plus grands imbéciles, ils régnaient sur Chelm. Ils avaient des barbes blanches, de grands fronts pour avoir trop pensé dans leur vie.

Une fois, une nuit de Hanukka, la neige tomba toute la soirée. Elle recouvrit Chelm d'une nappe étincelante. La lune brillait ; les étoiles miroitaient ; la neige scintillait.

Ce soir-là, les sept Anciens étaient rassemblés en train de méditer, le front ridé à force de réfléchir. Le village avait besoin d'argent. Ils ne savaient pas où le trouver. Soudain le plus vieux de tous, Gronam le Grand Imbécile, s'exclama : « La neige est argentée !

— Je vois des perles dans la neige ! cria un autre.

— Et moi j'aperçois des diamants ! » s'écria un troisième.

Il était évident que pour les Anciens de Chelm, un trésor était tombé du ciel.

Mais bientôt ils commencèrent à s'inquiéter. Les habitants de Chelm aimaient se promener. Ils allaient sûrement piétiner le trésor.

Que pouvait-on faire ? Tudras le Nigaud eut une idée.

« Envoyons un messager frapper à toutes les fenêtres. On fera ainsi savoir aux habitants qu'ils doivent rester à la maison. Cela jusqu'à ce que tout l'argent, toutes les perles et tous les diamants soient ramassés et mis en sûreté. »

Pendant un moment les Anciens furent satisfaits. Ils se frottaient les mains en signe d'approbation pour cette excellente idée. Et puis Dopey Lekish s'écria, soudain consterné : « Le messager lui-même piétinera le trésor. »

Les Anciens comprirent que Lekish avait raison. A nouveau des rides apparurent sur leurs larges fronts à force de chercher une autre solution au problème.

« J'ai trouvé ! s'exclama enfin Shmerel le Bœuf.

— Dites-nous-le, dites-nous-le, supplièrent les Anciens.

— Le messager ne doit pas aller à pied. Il doit être porté sur une table, afin que ses pieds ne foulent pas la neige précieuse. »

Tout le monde fut enchanté de la trouvaille de Shmerel le Bœuf. Les Anciens battirent des mains. Ils admiraient leur propre sagesse ! Ils envoyèrent alors, immédiatement, chercher à la cuisine Gimpel, le garçon de courses, et le montèrent sur une table. Mais à présent, qui allait porter la table ? Par bonheur il y avait dans la cuisine Treitle le cuisinier, Berel l'éplucheur de pommes de terre, Yukel le mélangeur de salade, et Yontel qui avait la charge du bouc de la communauté. Aux quatre on ordonna de soulever la table sur laquelle Gimpel se tenait debout. Chacun soutint un pied de la table. Là-haut Gimpel trônait, armé d'un marteau de bois avec lequel il allait taper sur les fenêtres des villageois. Les voilà tous partis.

A chaque fenêtre, Gimpel frappa de son marteau et s'écria : « Personne ne quitte la maison cette nuit. Un trésor est tombé du ciel, il est interdit de le piétiner. »

Les gens de Chelm obéirent aux Anciens et restèrent dans leurs maisons toute la nuit. Entre-temps, les Anciens eux-mêmes tenaient

séance, faisant des projets quant au meilleur emploi du trésor une fois celui-ci ramassé.

Tudras le Nigaud proposait qu'on le vende et qu'on achète une oie qui ponde des œufs d'or. Ainsi la communauté serait pourvue d'un revenu stable.

Dopey Lekish avait une autre idée : pourquoi ne pas acquérir des verres grossissants qui feraient apparaître aux yeux des habitants de Chelm les choses plus importantes qu'elles ne sont en réalité ? Alors les maisons, les rues, les magasins auraient l'air agrandis, et naturellement si Chelm *paraissait* plus grand, alors il *serait* plus grand ! Ce ne serait plus un simple village, mais une grande ville.

Il y eut d'autres idées, toutes aussi ingénieuses. Mais tandis que les Anciens soupesaient leurs différents projets, le matin se levait, et avec lui le soleil. Ils regardèrent par la fenêtre et, hélas ! ils constatèrent que la neige avait été piétinée. Les lourdes bottes des porteurs de table avaient détruit le trésor.

Les Anciens de Chelm, en étreignant leur barbe blanche, s'accordèrent pour reconnaître qu'ils avaient commis une erreur. Peut-être, raisonnèrent-ils, quatre autres porteurs auraient-ils dû porter les quatre hommes qui avaient soutenu la table transportant Gimpel le garçon de courses ?

Après de longues délibérations, les Anciens décidèrent que, si au prochain Hanukka, un trésor tombait à nouveau du ciel, c'est exactement ce qu'ils feraient.

Nos villageois n'avaient plus de trésor, mais ils restèrent pleins d'espoir pour l'année suivante. Aussi bien, louaient-ils leurs Anciens, sur lesquels ils savaient toujours pouvoir compter pour trouver une solution à un problème posé, quelque difficile qu'il fût.

Les Pieds emmêlés et le Prétendant niais

Les Pieds emmêlés et le Prétendant niais

Près du village de Chelm, il y avait un hameau appelé Chelm-est, où vivaient un fermier du nom de Shmelka et sa femme Shmelkicha. Ils avaient quatre filles qui dormaient toutes dans le même grand lit. Leurs noms étaient Yenta, Pesha, Trina et Yachna.

En règle générale, les jeunes filles se levaient tôt le matin pour traire les vaches et aider leur mère aux travaux du ménage. Mais un matin d'hiver, elles restèrent au lit plus tard que d'habitude. Quand leur mère vint voir ce qui les retenait, elle trouva les quatre filles en train de se débattre et de crier. Shmelkicha voulut savoir à quoi rimait toute cette agitation, pourquoi elles s'arrachaient mutuellement les cheveux. Les jeunes filles répondirent que, dans leur sommeil, elles avaient emmêlé leurs pieds, au point que maintenant elles ne savaient plus à qui chacun appartenait et que, de ce fait, elles ne pouvaient naturellement pas se lever.

Dès qu'elle eut connaissance de la situation, Shmelkicha, qui était originaire de Chelm, fut terrifiée. Elle se souvint, en effet, qu'un pareil incident avait eu lieu à Chelm, bien des années plus tôt, et ce qu'il avait causé d'ennuis. Immédiatement, elle courut chez une voisine et la pria de traire ses vaches. Puis elle se mit aussitôt en route pour Chelm. Il s'agissait de demander aux Anciens de la ville ce qu'il fallait faire. Avant de partir, elle signifia aux jeunes filles : « Vous, restez au lit et ne bougez pas jusqu'à ce que je revienne. Parce que si vous vous leviez du mauvais pied, il vous serait très difficile de remettre les choses à leur place. »

Quand Shmelkicha arriva et raconta à l'un des Anciens ce qui venait d'arriver à ses filles, il empoigna sa barbe blanche d'une main, posa l'autre sur son front, et se plongea immédiatement dans une profonde méditation. Tout en réfléchissant, il fredonnait un air de Chelm.

Au bout d'un moment il dit : « Il n'existe pas de solution parfaite pour un cas de pieds emmêlés. Mais il y a quelque chose qui aide parfois. »

Il conseilla alors à Shmelkicha de prendre un long bâton, d'entrer dans la chambre des jeunes filles et d'assener inopinément un coup sur la couverture, à l'endroit des pieds. « Il est possible, expliqua le sage, que de surprise et de douleur, chaque fille empoigne son propre pied et saute du lit. » Un remède similaire avait un jour été employé dans un cas semblable, et il avait réussi.

De nombreux concitoyens étaient présents quand l'Ancien fit cette déclaration, et, comme toujours, ils admirèrent sa grande sagesse. L'Ancien ajouta que, pour empêcher à l'avenir qu'un tel accident ne se reproduise, il convenait de marier les jeunes filles l'une après l'autre. Une fois que chaque fille serait mariée et aurait sa propre maison et son mari propre, il n'y aurait pas de danger que leurs pieds s'emmêlent.

Shmelkicha retourna donc à Chelm-est. Elle ramassa un bâton, entra dans la chambre de ses filles et assena un coup de toutes ses forces sur leur couvre-pied. Les jeunes filles restèrent figées de surprise, mais un instant plus tard, elles étaient en bas du lit, toutes hurlant de douleur et de peur, mais chacune sautant sur ses propres pieds. Shmelka, leur père, et bon nombre de voisins qui avaient suivi Shmelkicha dans la maison, et assisté à ce qui venait de se passer, tirèrent à nouveau la conclusion que la sagesse de l'Ancien de Chelm ne connaissait pas de limites.

Immédiatement, Shmelka et Shmelkicha décidèrent de se conformer au second conseil de l'Ancien. Ils se mirent, dans cette intention, à la recherche d'un mari pour leur fille

aînée. Ils trouvèrent aussitôt un jeune homme de Chelm, appelé Lemel. Son père était cocher. Lemel lui-même était déjà propriétaire d'un cheval et d'une voiture. Il était manifeste que le futur mari de Yenta ferait un bon parti.

Quand on organisa la rencontre du couple le jour de la signature du contrat de mariage, Yenta se mit à pleurer amèrement. Questionnée, elle répondit : « Lemel est un étranger, je ne veux pas épouser un étranger.

— N'ai-je pas épousé un étranger ? demanda sa mère.

— Tu as épousé Père, répondit Yenta, et moi je dois épouser un homme totalement étranger. » Et son visage se mouillait davantage de larmes.

Le mariage ne se serait pas fait si les parents n'avaient pris, heureusement, la précaution de demander à l'Ancien de Chelm d'être présent à l'entrevue. Après un temps de réflexion, voici la solution qu'il trouva de nouveau. S'adressant à Yenta, il lui dit : « Signe ton contrat de mariage. Au moment où tu le signes, Lemel devient ton fiancé. Et quand tu te maries, tu n'épouseras pas un étranger mais ton fiancé. »

Quand Yenta entendit ces paroles, elle devint folle de joie. Lemel embrassa l'Ancien trois fois sur son large front, et le reste de l'assistance loua la sagesse de l'Ancien de Chelm, qui s'avérait plus grande même que celle du sage Roi Salomon.

Mais à présent un nouveau problème se posait. Ni Lemel ni Yenta n'avaient appris à signer leur nom.

De nouveau l'Ancien vint à la rescousse : « Que Yenta fasse trois petits cercles sur le papier, et Lemel trois traits. Ceci tiendra lieu de signature et scellera l'engagement. »

Yenta et Lemel obéirent à l'Ancien, et tout le monde fut heureux et gai. Shmelkicha invita chacun des témoins à manger des croquettes au fromage et du borscht, et la première assiette fut naturellement offerte à l'Ancien de Chelm, dont l'appétit était particulièrement aiguisé ce jour-là.

Tout d'abord, Lemel retourna à Chelm

même d'où il était venu dans sa propre voiture tirée par son cheval. Shmelka lui offrit en cadeau un petit canif, au manche en nacre. Il se trouva qu'on était le premier jour de Hanukka : le canif était à la fois un cadeau de fiançailles et un présent de Hanukka.

Comme Lemel se rendait souvent à Chelm-est pour acheter aux paysans lait, beurre, foin, avoine et lin qu'il revendait aux habitants de Chelm, il revint bientôt rendre visite à Yenta. Shmelka demanda à Lemel si ses amis de Chelm avaient aimé son canif, et Lemel répondit qu'ils ne l'avaient pas vu.

« Pourquoi ? demanda Shmelka.

— Parce que je l'ai perdu.

— Comment l'avez-vous perdu ?

— J'ai posé le canif dans la voiture et il a glissé dans le foin. »

Shmelka n'était pas originaire de Chelm, mais d'une autre ville voisine, et il dit à Lemel : « On ne met pas un canif dans une voiture pleine de paille et de foin et avec des fentes et des trous dans le fond par-dessus le marché. Un canif, on le met dans sa poche, et là il ne peut pas se perdre.

— Futur Beau-père, vous avez raison, répondit Lemel. La prochaine fois, je saurai ce qu'il faudra faire. »

Puisque ce premier cadeau avait été perdu, pour le remplacer Shmelka donna à Lemel un pot de graisse de poulet fraîchement rôti. Lemel le remercia et retourna à Chelm.

A quelques jours de là, quand les affaires amenèrent Lemel de nouveau à Chelm-est, les parents de la jeune fille constatèrent que le fiancé avait la poche de sa veste déchirée, et que tout le côté gauche du vêtement était couvert de taches de graisse.

« Qu'est-ce qui est arrivé à votre veste ? » demanda Shmelkicha.

Lemel répliqua : « J'ai placé le pot de graisse de poulet dans ma poche, mais la route est pleine de nids-de-poule et de caniveaux et je n'ai pu éviter d'être jeté contre le côté de la voiture. Aussi le pot s'est-il brisé. Il a déchiré ma poche et la graisse a coulé sur tous mes vêtements.

— Mais pourquoi avoir placé le pot de graisse de poulet dans votre poche ? demanda Shmelka.

— Ne m'aviez-vous pas dit de le faire ?

— Un canif, on le met dans sa poche. Un pot de graisse de poulet, on l'enveloppe de papier et on le pose dans le foin afin qu'il ne se casse pas. »

Lemel répondit : « La prochaine fois, je saurai donc ce qu'il faudra faire. »

Puisque Lemel n'avait pas profité de ses deux premiers cadeaux, Yenta en personne lui donna un gulden en argent que son père lui avait offert comme cadeau de Hanukka.

Quand Lemel revint au hameau une fois de plus, on lui demanda comment il avait dépensé l'argent.

« Je l'ai perdu, répliqua-t-il.

— Comment l'avez-vous perdu ?

— Je l'ai enveloppé de papier et posé dans le foin. Mais quand je suis arrivé à Chelm et ai déchargé ma marchandise, le gulden n'y était plus.

— Un gulden n'est pas un pot de graisse de poulet, lui signifia Shmelka. Un gulden, on le met dans sa bourse.

— La prochaine fois je saurai ce qu'il faudra faire. »

Avant que Lemel ne retournât à Chelm, Yenta donna à son fiancé des œufs fraîchement pondus, encore tout chauds.

A la visite suivante, on lui demanda s'il avait aimé les œufs, et il répondit que tous s'étaient cassés.

« Comment se sont-ils cassés ?

— Je les ai enfermés dans ma bourse, mais quand j'ai essayé de la fermer, les œufs se sont cassés.

— Personne n'enferme des œufs dans une bourse, dit Shmelka. Des œufs, on les pose dans un panier, couchés sur de la paille et recouverts d'un linge afin qu'ils ne se fêlent pas.

— La prochaine fois, je saurai ce qu'il faudra faire. »

Puisque Lemel n'avait pas pu encore profiter des cadeaux qu'il avait reçus, Yenta

décida de lui faire présent d'une cane vivante.

Quand il revint, on lui demanda comment allait la cane, et il dit qu'elle était morte sur la route de Chelm.

« Comment est-elle morte ?

— Je l'ai placée dans un panier plein de paille et bien recouverte de morceaux de linge, exactement comme vous me l'aviez dit. Quand je suis arrivé à la maison, la cane était morte.

— Une cane doit respirer, dit Shmelkicha. Si vous la couvrez de linge, elle suffoque. Une cane, cela s'installe dans une cage, avec quelques grains à picorer.

— La prochaine fois, je saurai ce qu'il faudra faire. »

Puisque Lemel n'avait profité d'aucun de ses cadeaux, Yenta décida de lui donner son poisson rouge, qu'elle choyait depuis des années.

Et une nouvelle fois à son retour, quand on demanda au fiancé des nouvelles du poisson rouge, il répondit qu'il était mort.

« Pourquoi est-il mort ?

— Je l'ai enfermé dans une cage et je lui ai donné quelques grains, mais, quand je suis arrivé à la maison, il était mort. »

Puisque Lemel restait toujours sans cadeau, Yenta décida de lui donner son canari qu'elle aimait tendrement. Mais Shmelka lui dit qu'il était inutile de faire d'autres présents à Lemel, parce que tout ce qu'on lui offrait mourait ou se perdait. A la place, Shmelka et Shmelkicha résolurent de demander conseil à l'Ancien de Chelm.

L'Ancien écouta toute l'histoire. Comme d'habitude, il étreignit sa longue barbe blanche et posa l'autre main sur son large front.

Après avoir bien réfléchi et en ânonnant beaucoup, il proclama : « La route entre Chelm-est et Chelm est pleine de toutes sortes de dangers ; voilà pourquoi de telles malchances arrivent. La meilleure chose à faire est d'accélérer la cérémonie du mariage. Car, alors, Lemel et Yenta seront ensemble et Lemel n'aura pas besoin de traîner ses cadeaux d'un endroit à un autre ; il ne lui arrivera plus aucune mésaventure. »

Ce conseil plut à tout le monde. Aussi le mariage fut-il célébré rapidement. Tous les paysans du hameau de Chelm-est, la moitié des habitants de Chelm dansèrent et se réjouirent à la noce. Avant la fin de l'année Yenta donna naissance à une fille, et Lemel partit apprendre à l'Ancien la bonne nouvelle : un enfant leur était né.

« L'enfant est-il un garçon ? demanda l'Ancien.

— Non.

— Est-ce une fille ?

— Comment avez-vous deviné ? » demanda Lemel avec stupéfaction.

Et l'Ancien de Chelm répondit : « Pour les sages de Chelm, il n'existe nul secret ! »

Le Premier Shlemiel

Le Premier Shlemiel

Il existe beaucoup de Shlemiels dans le monde, mais le tout premier est originaire de Chelm. Celui-ci avait une femme, Madame Shlemiel, et un enfant, Petit-Shlemiel, mais il était incapable de subvenir à leurs besoins. L'épouse avait l'habitude de se lever tôt le matin, afin de vendre des légumes au marché. Monsieur Shlemiel, lui, restait à la maison et berçait le bébé endormi. Il s'occupait également du coq qui vivait avec eux, dans la chambre, le nourrissant de grains et d'eau.

Madame Shlemiel savait que son mari était maladroit et léger. Il aimait également dormir et il était gourmand. Un soir, elle prépara un pot plein de marmelade délicieuse. Le lendemain, elle pensa non sans appréhension que, pendant qu'elle serait partie au marché, son mari mangerait tout, jusqu'à la dernière cuillerée. Aussi lui dit-elle avant de partir : « Shlemiel, je m'en vais au marché et je serai de retour dans la soirée. Il y a trois choses que j'aimerais te dire. Chacune est très importante.

— Qu'est-ce que c'est ? demanda Shlemiel.

— Premièrement, veille à ce que le bébé ne tombe pas de son berceau.

— Bon. Je prendrai soin du bébé.

— Deuxièmement, ne laisse pas le coq s'échapper de la maison.

— Bon. Le coq ne quittera pas la maison.

— Troisièmement, il y a un pot plein de poison sur l'étagère. Sois prudent et n'y touche pas, autrement tu mourras », dit Madame Shlemiel, désignant le pot de marmelade qu'elle avait placé, tout en haut, dans le placard.

Si elle avait décidé de le tromper, c'est qu'elle savait qu'une fois la marmelade délicieuse goûtée, son homme ne s'arrêterait plus avant d'avoir vidé le pot. C'était juste la veille de Hanukka, elle avait besoin de marmelade, pour la servir avec les crêpes.

Dès que sa femme fut partie, Shlemiel commença à bercer le bébé et à lui chanter une berceuse :

Je suis un grand Shlemiel.
Tu es un petit Shlemiel.
Quand tu seras grand,
Tu seras un grand Shlemiel
Et moi, je serai un vieux Shlemiel.
Quand tu auras des enfants,
Tu seras un papa Shlemiel
Et moi je serai un grand-papa Shlemiel.

Le bébé s'endormit bientôt et Shlemiel sommeilla à son tour, tout en balançant le berceau de son pied.

Shlemiel rêva qu'il était devenu l'homme le plus riche de Chelm. Il était si riche qu'il pouvait manger des crêpes à la marmelade, non seulement le jour de Hanukka, mais chaque jour de l'année. Il passait toute la journée avec les autres personnes aisées de Chelm à jouer avec une toupie en or. Shlemiel connaissait un truc, et chaque fois que c'était son tour de faire tourner la toupie, elle s'arrêtait sur la lettre « G » gagnante. Il devenait même si célèbre que des nobles de pays lointains venaient alors le voir et lui disaient : « Shlemiel, nous te demandons d'être notre roi. »

Shlemiel leur avouait qu'il ne désirait pas devenir roi. Mais les nobles tombaient à genoux et le suppliaient jusqu'à ce qu'il se sentît obligé d'accepter. Ils posaient alors une couronne sur sa tête et le conduisaient vers un trône doré. Madame Shlemiel, une reine à présent, n'avait plus besoin de vendre des légumes au marché. Elle était assise à ses côtés, et ils se partageaient entre eux une énorme crêpe recouverte d'une couche épaisse

de marmelade. Lui, la mangeait par un bout et elle, par l'autre, jusqu'à ce que leurs bouches se rencontrassent.

Alors que Shlemiel était ainsi assis, s'abandonnant tout heureux à son rêve, le coq se mit soudain à chanter. Il avait un organe puissant. Quand il lançait son cocorico, on aurait dit un son de cloche. Or, quand une cloche sonnait à Chelm, cela voulait, habituellement, dire qu'il y avait le feu. Shlemiel fut arraché à son rêve. Sursautant avec effroi, il renversa le berceau. Le bébé tomba et se heurta la tête. Dans la confusion, Shlemiel courut vers la fenêtre ct l'ouvrit pour voir où il y avait le feu. A cet instant précis, profitant de l'aubaine, le coq, excité, s'envola et se sauva en sautillant.

Shlemiel lui cria après : « Coq, veux-tu revenir ! Si Madame Shlemiel constate que tu es parti, elle va hurler : je n'en finirai pas de l'entendre crier. »

Mais le coq ne fit nullement attention à Shlemiel. Il ne regarda même pas en arrière, et bientôt il avait disparu.

Quand Shlemiel comprit qu'il n'y avait de feu nulle part, il ferma la fenêtre et retourna auprès du bébé en pleurs, qui, maintenant, avait une grosse bosse au front. Avec beaucoup de mal, Shlemiel réussit à calmer son rejeton. Il redressa le berceau et y reposa l'enfant.

De nouveau, il commença à balancer le berceau et à chanter une mélodie :

Dans mon rêve, j'étais un riche Shlemiel
Mais éveillé, je suis un pauvre Shlemiel.
Dans mon rêve, je mangeais des crêpes à la
[*marmelade ;*
Éveillé, je mâche du pain et des oignons.
Dans mon rêve, j'étais Shlemiel le Roi
Mais éveillé, je ne suis rien d'autre que
[*Shlemiel.*

Finalement, il réussit à endormir le bébé par son originale berceuse. Shlemiel commença alors à s'inquiéter. Il savait que quand sa femme rentrerait, en ne trouvant pas le coq et à la vue du bébé une bosse au front, elle se mettrait en colère. Madame Shlemiel, quand elle grondait et criait, faisait trembler de peur son malheureux mari. Shlemiel se figurait déjà la soirée qui l'attendait. Quand elle rentrerait, sa femme serait plus furieuse que jamais. Elle l'insulterait et le traiterait de tous les noms.

Et Shlemiel se dit : « A quoi peut rimer une telle vie? Après tout, je préfère être mort. » C'est alors qu'il décida de se suicider. Mais comment s'y prendre? Il se souvint soudain de ce que sa femme lui avait raconté le matin même, à propos du pot plein de poison rangé sur l'étagère. « Je sais ce qui me reste à faire ! Je vais m'empoisonner : quand je serai mort, elle pourra m'injurier autant qu'elle voudra : un Shlemiel mort n'entend pas quand on lui crie après. »

Shlemiel était un homme de petite taille et il n'arrivait pas à atteindre l'étagère. Il attrapa une chaise, grimpa dessus, descendit le pot et commença à manger le contenu.

« Oh! oh! ce poison a un goût délicieux »,

constata-t-il. C'est qu'il avait entendu dire que certains poisons ont un goût amer tandis que d'autres sont doux. « Mais, raisonna-t-il justement, un poison doux vaut mieux qu'un poison amer », et il se mit en devoir de finir la marmelade. Elle avait si bon goût qu'il lécha même le pot pour finir.

Après que Shlemiel eut réglé son sort au pot de poison, il s'allongea sur le lit. Il était convaincu que le poison commencerait bientôt à brûler ses intestins et qu'il allait mourir. Mais une demi-heure s'écoula, puis une heure, et Shlemiel était toujours couché, là, sans la moindre douleur dans le ventre.

« Ce poison agit très lentement », conclut Shlemiel. Il avait soif. Il eut envie de boire de l'eau. Mais il n'y avait pas d'eau dans la maison. A Chelm il fallait chercher l'eau au puits, à l'extérieur, et Shlemiel était trop paresseux pour se déranger.

Shlemiel se souvint tout à coup que sa femme gardait une bouteille de cidre pour les jours de fête. Le cidre était coûteux, mais quand un homme est sur le point de mourir, à quoi bon — n'est-ce pas — économiser de l'argent ? Shlemiel sortit la bouteille de cidre et la vida jusqu'à la dernière goutte.

Et voilà que Shlemiel commença à ressentir une douleur à l'estomac. Il fut convaincu que le poison faisait son œuvre. Certain qu'il était sur le point de trépasser, il se dit : « Au fond, ce n'est pas si mal de mourir. Avec un poison du genre de celui que j'ai absorbé, ça me serait bien égal de disparaître tous les jours. » Et il s'assoupit.

Il rêvait de nouveau qu'il était roi. Il portait trois couronnes sur la tête, l'une sur l'autre. Devant lui étaient posés trois pots en or : l'un rempli de crêpes, l'autre de marmelade, et le troisième de cidre. Chaque fois qu'il souillait sa barbe en mangeant, une domestique l'essuyait à l'aide d'une serviette de table.

Madame Shlemiel, la reine, était assise près de lui sur un trône spécial et lui disait : « De tous les rois qui régnèrent jamais à Chelm, tu es le plus grand. Tout Chelm rend hommage à ta sagesse. Heureuse la reine d'un tel roi ! Fortuné le prince qui te nomme son père ! »

Shlemiel se réveilla au bruit du grincement de la porte qui s'ouvrait. La chambre était plongée dans l'obscurité et il entendit la voix perçante de sa femme. « Shlemiel, pourquoi n'as-tu pas allumé la lampe ? »

« Tiens, on dirait la voix de Madame Shlemiel, pensa Shlemiel. Mais comment est-il possible que j'entende sa voix ? Je devrais être mort. Ou bien se peut-il que le poison n'ait pas encore agi et que je sois toujours en vie ? » Il se leva, les jambes tremblantes, et il vit sa femme allumer la lampe.

Soudain celle-ci se mit à crier de toutes ses forces. « Regardez-moi le bébé ! Il a une bosse sur la tête. Shlemiel, où est le coq ? Et qui a bu le cidre ? Infortunée que je suis ! Il a bu tout le cidre ! Il a perdu le coq et me laisse le bébé avec une bosse sur la tête. Shlemiel, qu'est-ce que tu as fait ?

— Ne crie pas, chère femme. Je suis sur le point de mourir. Tu seras bientôt veuve.

— Mourir ? Veuve ? Qu'est-ce que tu

racontes ? Tu as l'air costaud comme un cheval.

— Je me suis empoisonné, répondit Shlemiel.

— Empoisonné ? Que veux-tu dire ? demanda soudain Madame Shlemiel.

— J'ai mangé tout le poison dans le pot. »

Et Shlemiel désigna le pot de marmelade vide.

« Poison ? fit Madame Shlemiel. C'est mon pot de marmelade pour Hanukka.

— Mais tu m'as dit que c'était du poison ! s'exclama Shlemiel.

— Imbécile ! dit-elle. Je l'ai dit exprès pour t'empêcher d'en manger avant le jour de fête. Et voilà que tu as englouti toute ma marmelade. » Et Madame Shlemiel éclata en sanglots.

Shlemiel aussi se mit à pleurer, mais ce n'était pas de remords. Il versait tout simplement des larmes de joie, parce qu'il savait, maintenant, qu'il resterait en vie. Les gémissements des parents réveillèrent le bébé et lui aussi se mit alors à hurler. Quand les proches entendirent tous ces pleurs, ils accoururent et bientôt tout Chelm connut l'histoire. De bons voisins prirent pitié des Shlemiels et leur apportèrent un autre pot de marmelade, ainsi qu'une autre bouteille de cidre. Le coq, qui était gelé et affamé pour s'être promené dehors, revint de lui-même et les Shlemiels passèrent quand même un heureux jour de fête.

Comme toujours, à Chelm, quand un événement inhabituel survenait, les Anciens se rassemblèrent pour méditer sur ce qui venait de se passer. Pendant sept jours et sept nuits, ils se creusèrent la cervelle et tirèrent sur leur barbe. C'est qu'ils cherchaient le sens véritable d'une telle histoire. A la fin, tous les sages s'arrêtèrent à la même conclusion : une femme qui a un enfant au berceau et un coq à la maison ne devrait jamais mentir à son mari, en lui disant qu'un pot de marmelade est un pot rempli de poison, ou qu'un pot plein de poison est un pot de marmelade, même s'il est paresseux, s'il est gourmand, et s'il est un Shlemiel par-dessus le marché.

La Ruse du Démon

La Ruse du Démon

La neige était tombée pendant trois jours et trois nuits. Les maisons étaient recouvertes d'une grosse couche et les vitres étaient constellées de fleurs de givre. Le vent soufflait dans les cheminées. Des rafales de neige s'abattaient dans l'air glacial.

La femme du démon chevauchait son cerceau, un balai d'une main et une corde de l'autre. Devant elle, courait un bouc blanc avec une barbe noire et des cornes fourchues. Derrière elle, marchait à grands pas le démon avec sa face de toile d'araignée, des trous à la place des yeux, des cheveux jusqu'aux épaules, des jambes aussi longues que des échasses.

Dans l'unique pièce d'une misérable cabane, au plafond bas et aux murs couverts de suie, se trouvait David, un pauvre garçon au visage pâle et aux yeux noirs. Il était seul avec son petit frère, cette première nuit de Hanukka. Son père était parti au village pour acheter du grain, mais trois jours étaient passés et il n'était pas rentré à la maison. La mère de David était partie à son tour pour chercher son mari, et elle non plus n'était pas revenue.

Le bébé dormait dans son berceau. Dans le chandelier de Hanukka, vacillait la première bougie, que David avait allumée lui-même.

David était si inquiet qu'il se sentit incapable de rester à la maison plus longtemps. Il revêtit son manteau ouaté, sa casquette, s'assura que le bébé était bien couvert, et sortit à la recherche de ses parents.

C'était le moment que le démon avait

attendu. Il cingla immédiatement la tempête qui se déchaîna de plus belle. Des nuages noirs couvrirent le ciel. David y voyait à peine dans l'obscurité épaisse. Le gel lui brûlait le visage. La neige tombait, sèche et compacte comme du sel. Le vent saisit David par les basques de son manteau et tenta de le soulever de terre. Des éclats de rire l'entouraient comme si un millier de lutins l'encerclaient.

David comprit que les diablotins le pourchassaient. Il essaya de faire demi-tour et de rentrer à la maison, mais il ne réussit pas à retrouver son chemin. La neige et l'obscurité engloutissaient tout. Il était convaincu à présent que les démons devaient s'être emparés de ses parents. Le captureraient-ils, lui aussi ? Mais le ciel et la terre ont juré que le diable ne connaîtra jamais une victoire totale par ses ruses. Qu'importe que le démon soit ingénieux, il fera toujours une erreur. Et notamment le jour de Hanukka.

Les forces du mal avaient réussi à cacher les étoiles, mais elles ne pouvaient pas éteindre la première bougie de Hanukka. David aperçut sa flamme, il courut dans sa direction. Le maudit le poursuivait. La femme du démon l'imita sur son cerceau, en poussant des hurlements et en agitant son balai, tout en essayant de le prendre au lasso avec sa corde. David courut plus vite qu'eux et atteignit la cabane juste avant le couple infernal. Quand il ouvrit la porte, le démon tenta bien d'entrer en même temps. Mais l'enfant réussit à claquer la porte derrière lui. Dans sa hâte, et au cours de la lutte, la queue du démon se coinça entre les battants.

« Rends-moi ma queue », cria le diable.

Mais David de répondre : « Rends-moi, toi, mon père et ma mère. »

Le mauvais jura qu'il ne savait rien d'eux, mais David ne s'en laissa pas conter.

« Tu les as enlevés, maudit Démon ! » cria-t-il. Il ramassa une hache tranchante et signifia au démon qu'il lui couperait la queue.

« Aie pitié de moi. Je n'ai qu'une seule queue », pleurnicha alors le diable. Puis tourné vers sa compagne, il commanda : « Va vite à la caverne, derrière les montagnes noires, et ramène l'homme et la femme que nous y avons laissés séquestrés. »

La femme partit en toute hâte sur son cerceau et revint bientôt accompagné du couple. Le père de David avait même enfourché le cerceau et s'accrochait aux cheveux de la sorcière ; la mère arriva sur le dos du bouc blanc, serrant fermement, dans ses mains, la barbe noire de celui-ci.

« Ta mère et ton père sont là. Rends-moi ma queue », dit le démon.

David regarda par le trou de serrure et vit que ses parents étaient effectivement là. Il avait envie d'ouvrir la porte tout de suite pour les faire entrer, mais il n'était pas encore disposé à libérer le démon.

Il se précipita vers la fenêtre, saisit la bougie de Hanukka et roussit la queue du diable. « A présent tu t'en souviendras toujours, Démon ! cria-t-il. Hanukka est mal choisi pour jouer des tours aux pauvres hommes. »

Puis il ouvrit la porte. Le démon lécha sa

queue roussie, avant de se sauver en toute hâte avec sa femme vers la terre où aucun être vivant ne se promène, où aucun bétail ne foule le sol, où le ciel est de cuivre et où les champs sont de fer.

Table des illustrations

Table

Titres parus
ou à paraître
dans cette collection

Robert Escarpit
Les contes de la Saint-Glinglin

Quand on dit « à la Saint-Glinglin », cela veut dire jamais. Savez-vous pourquoi ?
Les gâteaux de Maître Galipette, l'Auberge de la Bonne Franquette, la poudre d'Escampette...
Il y a dans toutes les langues des expressions et des mots venus d'on ne sait où. Robert Escarpit en a imaginé l'origine dans des histoires savoureuses et pleines de verve.
Faut-il le croire, ou est-ce encore un coup du Père Limpinpin ?

José Mauro de Vasconcelos
Mon bel oranger

A cinq ans, Zézé a tout appris seul : la lecture, les grossièretés de la rue, les trafics de billes, les tangos pleins de sentiments du marchand de chansons.
Tout le monde le bat, sauf sa sœur Gloria... Ange ou diable, il a un secret dans le cœur : un petit pied d'oranges douces, le seul confident de ses rêves, qui l'écoute et lui répond.

Maurice Druon
Tistou les pouces verts

Tistou s'endort toujours en classe. Alors son père, qui est beau, riche et marchand de canons, décide de l'envoyer à l'école de la vie.
Première leçon avec le jardinier Moustache qui découvre une chose merveilleuse : Tistou a les pouces verts. Les fleurs poussent sous ses doigts !
Avec des roses à l'hôpital, du chèvrefeuille sur la prison, la ville est transformée. Mais que va-t-il arriver si les canons de Monsieur Père disparaissent sous le lierre et les églantines ?

Isaac Bashevis Singer
Zlateh la chèvre

Hélas ! mon fils, il te faut conduire la chèvre chez le boucher : elle est déjà vieille et nous sommes pauvres. Mais voilà que, sous la tempête de neige, la chèvre sauve l'enfant...
Dans ces contes, le sourire a toujours le dernier mot à moins que ce ne soit l'amour. Les naïfs pêchent la lune dans les puits, les gourmands sont incorrigibles. Quant au Diable, il guette derrière la porte ! Heureusement, il n'est pas toujours le plus malin...

Erich Kästner
Le 35 mai

Si votre oncle est formidable, si vous rencontrez un cheval en chômage qui vous demande poliment du sucre... entrez sans hésiter dans la vieille armoire : c'est la porte du bout du monde !
Là-bas, les arbres distribuent des tartes, les poules pondent des œufs au jambon. Au Pays du Monde Renversé, on élève sévèrement les parents insupportables. A Electropolis, on circule sur des trottoirs roulants. Et puis, à cheval à travers l'océan, vous irez vers les îles des mers du Sud...
Seulement, tout cela n'est possible que si le 35 mai tombe un jeudi.

Anna Greta Winberg
Ce jeudi d'octobre

Une catastrophe ! Voilà ce qui arrive à Madde, qui n'a pas encore quatorze ans.
Papa s'en va. Il a décidé, d'accord avec Maman, qu'il valait mieux se séparer : c'est, paraît-il, « la meilleure solution ».
Mais pour qui ?
Madde étouffe de chagrin et d'indignation. Il lui faudra du temps pour commencer à comprendre.

Anthony Buckeridge
Bennett et sa cabane

De tout le collège, c'est Bennett qui a le plus d'idées mais, chose curieuse, elles plaisent rarement à ses professeurs. Avec l'ami Mortimer, il a construit une cabane près de l'étang et tout irait bien si le poisson rouge ne s'échappait pendant qu'on lui fait faire un tour dans un filet à papillon, si Bennett ne tombait pas dans la vase avec son complet du dimanche, si sa balle de cricket n'atterrissait pas dans le jardin du directeur et si le général ne débarquait pas sans prévenir...

Hans Peter Richter
Mon ami Frédéric

En Allemagne, avant la guerre, deux enfants sont inséparables. L'un s'appelle Frédéric. Il est juif. Mais Hitler a décidé que les Juifs n'ont pas le droit de vivre : on les insulte, on les chasse... Grand-Père ne veut plus voir le petit Frédéric à la maison. Bientôt, on le renverra de l'école. Plus tard, sous les bombes, il n'y aura pas d'abri pour Frédéric. Qui pourrait encore le sauver ?

Robert Newton Peck
Vie et mort d'un cochon

A douze ans, Robert fait presque le travail d'un homme. Quand il trouve la vache du voisin en train de s'étouffer et le veau qui n'arrive pas à naître, il sait la tirer d'affaire, même si c'est dur. En récompense, il recevra un petit cochon, un animal doux et rose, rien que pour lui. Mais dans une ferme si pauvre, comment garder une bête seulement pour le plaisir?

James Oliver Curwood
Kazan

Kazan, c'est un quart de loup et trois quarts de chien de traîneau. Il ne connaît pas la peur. Les fauves les plus terribles sont tombés sous ses crocs et, dans le Grand Nord, il est le chef d'une horde libre, avec Louve Grise, sa compagne.
Seulement, voilà, il y a les hommes.
Les maîtres cruels, un jour ou l'autre on leur saute à la gorge. Mais Kazan n'oublie pas les voix amies, les mains qui guérissent, les femmes dont l'amour est plus fort que tout!

Composition réalisée par COMPOFAC - PARIS

IMPRIMÉ EN FRANCE PAR BRODARD ET TAUPIN
Usine de La Flèche (Sarthe).
HACHETTE - 79, bd St Germain - Paris.
ISBN : 2 - 010 - 15802 - 4

32/0570/5